GABRIELA BAUERFELDT

MALCOLM
Malcolm X

1ª edição – Campinas, 2021

"As únicas pessoas que realmente mudaram a história foram as que mudaram o pensamento dos homens a respeito de si mesmos."
(Malcolm X)

Malcolm Little, mais conhecido como Malcolm X, foi mais um dos grandes homens que ajudaram a mudar a história dos negros nos Estados Unidos. Nascido em Omaha, estado de Nebraska, no dia 19 de maio de 1925, teve uma vida marcada por muitas dificuldades. Filho de Earl Little e Louise Little, Malcolm compartilhava seu lar com mais sete irmãos.

Seu pai era um ativista que lutava de forma feroz pelos direitos dos negros. Sua luta era tão grande que eles precisaram se mudar inúmeras vezes para fugir de uma organização que defendia a supremacia branca atacando e maltratando negros — a "Ku Klux Klan".

Em um desses episódios, a casa de Malcolm foi incendiada sem que os bombeiros fizessem nada por eles. Ainda assim, Earl Little não se intimidava diante da brutalidade dos racistas. Embora o período de escravidão já tivesse acabado nos Estados Unidos, vigoravam na época as "Leis de Segregação Racial", também conhecidas como "Leis de Jim Crow". Basicamente, essas leis exigiam que locais públicos, como escolas, ônibus, trens, etc., possuíssem espaços separados para negros e brancos.

O clima de perseguição aos negros era constante, e essa agressividade teve efeitos trágicos na família Little. Em 1931, Earl, pai de Malcolm, foi assassinado por integrantes da "Ku Klux Klan". Esse episódio deixou Louise em situação difícil para criar sozinha seus oito filhos.

Louise era uma mulher forte e batalhadora, mas, por ser negra, dificilmente permanecia nos empregos. Como era filha de um branco com uma mulher negra, algumas vezes a cor de sua pele não deixava tão evidente suas raízes, e ela conseguia arrumar trabalho. No entanto, logo que descobriam sua origem, era mandada embora sem justificativa alguma.

Essa situação foi deixando Louise cada vez mais desesperada, pois ela queria cuidar de sua família, mas às vezes não tinha dinheiro para isso. Os problemas financeiros e o choque pela morte do marido resultaram em um colapso nervoso, que culminou com sua internação em uma clínica psiquiátrica. Malcolm e seus irmãos foram encaminhados para casas de adoção na cidade de Lansing. Apesar da enorme tristeza, estavam cheios de força para lutar.

Malcolm tinha treze anos quando se mudou para a casa de adoção. Nesse período, passou a frequentar uma escola em que era o único aluno negro. Era muito difícil para ele, pois sofria preconceito e não conseguia fazer amigos.

Mesmo diante dessa situação bastante desafiadora, Malcolm era um ótimo aluno, muito estudioso, aplicado e sonhador. Ele sonhava com justiça e liberdade e queria defender as pessoas para que mais ninguém tivesse uma morte injusta como a de seu pai ou uma luta solitária como a de sua mãe.

Certo dia, Malcolm disse a seu professor que desejava ser advogado, mas o que ele ouviu como resposta despedaçou o seu sonho. Na opinião do professor, Malcolm precisava ser realista e buscar um emprego que combinasse com pessoas negras, pois nenhum branco contrataria um advogado negro.

Essa conversa teve um impacto enorme na vida de Malcolm, que foi desanimando cada vez mais dos estudos. Ele queria ser advogado para defender pessoas e não se conformava com as profissões que, na época, eram consideradas adequadas para os negros. Diante da falta de estímulo, Malcolm se viu "num beco sem saída" e começou a optar por caminhos duvidosos.

Em 1941, Malcolm foi morar com sua irmã Ella Little-Collins em Boston, onde começou a trabalhar como engraxate. A escola e os estudos tinham perdido o encanto. Assim, as ruas se tornaram sua nova escola. Na escola da rua, porém, Malcolm aprendeu certas coisas que não foram tão boas para sua trajetória de vida.

Além de trabalhar como engraxate, Malcolm conseguiu um emprego em uma ferrovia, o que lhe permitiu conhecer muitos lugares, entre eles o Harlem, bairro de Nova Iorque, onde fez muitos amigos. Ele, que sempre gostara de se relacionar com as pessoas, passou a frequentar festas, a usar roupas extravagantes e a alisar os cabelos, o que o fez ganhar o apelido de "Red", pois o produto que usava no alisamento deixava seus cabelos vermelhos. Essa vida de festas, bebidas e baladas acabou levando Malcolm a vender drogas e a mergulhar profundamente em atividades ilícitas.

Em 1943, Malcolm foi morar no Harlem e continuou com sua vida perigosa. Além de vender drogas, ele começou a participar de pequenos assaltos e furtos que o levaram a ser preso em 1947. Entretanto, o que parecia ser o pior destino acabou se tornando o motivo de sua mudança radical.

Na prisão, Malcolm conheceu o poder da leitura e da fé. Seu irmão Reginald escreveu para ele uma carta misteriosa que o deixou intrigado. A carta dizia: "Não coma carne de porco e pare de fumar que eu lhe mostrarei como sair da prisão".

Malcolm passou dias pensando no que havia lido e ansioso por obter respostas de seu irmão. No dia da visita, Reginald contou a ele a respeito de um líder religioso chamado Elijah Muhammad, um negro que afirmava ter recebido de Alá uma mensagem que dizia que os negros precisavam ser libertados das mãos do inimigo. A partir desse encontro, Malcolm começou a se lembrar de todos os brancos que haviam feito mal a ele e a sua família.

Na visita seguinte, Reginald percebeu que suas palavras tinham provocado algo em seu irmão. Ele continuou falando sobre as ideias de Elijah. Malcolm demorou para aceitar, mas acabou se convertendo ao islamismo, religião monoteísta que acredita nas palavras do Alcorão e em Alá, o deus dos muçulmanos. A fé nas palavras de Elijah e no islamismo mudaram a postura de Malcolm.

Graças aos esforços de sua irmã Ella, Malcolm conseguiu ser transferido para um presídio melhor, onde havia uma enorme biblioteca. Ansioso para entrar em contato com Elijah, ele passou a ler de forma voraz: lia de tudo, de clássicos a dicionários. Esse desejo por conhecimento fez com que Malcolm ampliasse sua visão de mundo e conseguisse trocar muitas cartas com Elijah.

Malcolm tinha personalidade forte e um senso crítico muito aguçado. Costumava dizer que "as pessoas não compreendem como toda a vida de um homem pode ser mudada por um único livro".

Ao sair da cadeia, Malcolm se aprofundou nos estudos do Islã e quis conhecer Elijah Muhammad, que dizia que Deus era negro e se chamava Alá. Elijah defendia que os negros não deveriam se misturar com os brancos, pois isso seria ruim para a sociedade.

Mesmo sem estar convencido dessa necessidade de separação entre brancos e negros, Malcolm passou a seguir Elijah de forma intensa. Em apenas dois anos, Malcolm X liderava uma mesquita no Harlem e discursava ferozmente pelos Estados Unidos.

Ao longo de sua ascensão na Nação do Islã, Malcolm conheceu aquela que se tornaria o grande amor de sua vida: Betty. Como fiel seguidor que era, consultou a opinião de Elijah sobre a união com Betty. Depois de receber a aprovação de seu líder, ele se casou em janeiro de 1958.

Mal se casou, Malcolm já estava em toda parte trabalhando pelo crescimento da Nação do Islã. Com Betty, Malcolm teve seis filhas: Qubilah Shabazz, Gamilah Lumumba Shabazz, Ilyasah Shabazz, Malaak Shabazz, Attallah Shabazz e Malikah Shabazz. Betty era uma grande parceira de luta e apoiava Malcolm em todas as suas empreitadas, sempre presente em seus discursos e reuniões.

A inteligência e a eloquência de Malcolm eram definitivamente acima da média. Uma de suas grandes ideias foi a de fundar o jornal "Muhammad Fala", que levou para as capas reportagens sobre muçulmanos negros.

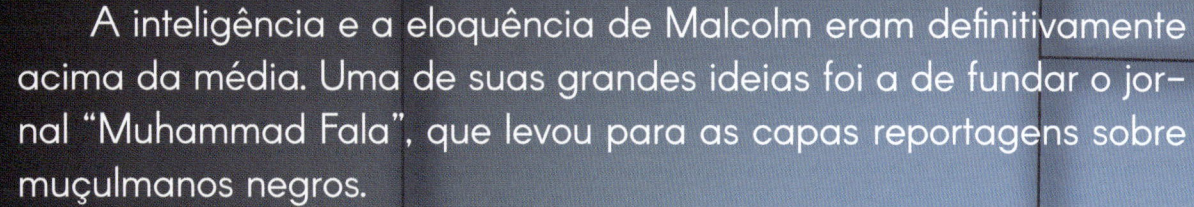

Seu objetivo com o jornal era exaltar a Nação do Islã e Muhammad, mas, como suas ideias eram revolucionárias para a época, não demorou para que ele fosse convidado a participar de mesas-redondas de rádio, televisão e universidades, entre elas Harvard, para representar seu povo, enfrentando intelectuais negros e brancos.

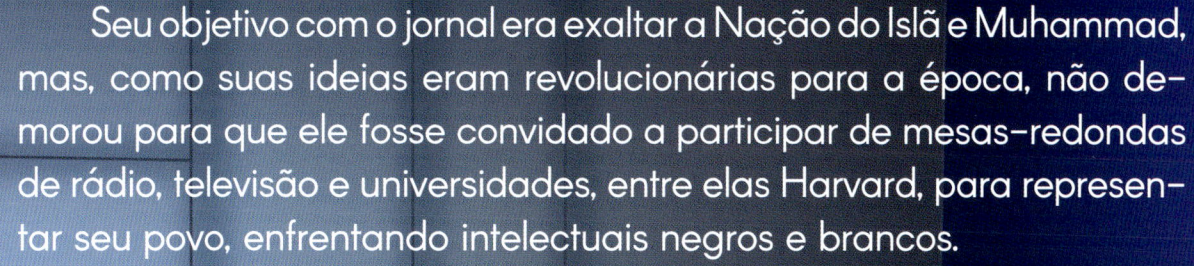

A eloquência e a coragem de Malcolm deixaram Elijah, o líder da Nação do Islã, com muito ciúme, o que o levou a falar mal de seu até então discípulo para outros companheiros.

Em 1963, após a morte de John Kennedy, presidente dos Estados Unidos, Malcolm fez um discurso polêmico que incomodou muita gente. Malcolm disse: "Aqui se faz, aqui se paga". Ele se referia ao fato de Kennedy não ter se manifestado de forma mais evidente na defesa da população negra.

Elijah se aproveitou dessa situação para tentar diminuir a influência de Malcolm e o proibiu de discursar por 90 dias. Naquele momento, Malcolm descobriu que, além de tentar calar a sua voz, seu líder o retratava como traidor, mesmo com todo o seu trabalho para fazer crescer a Nação do Islã — dedicação essa que muitas vezes o impedira de acumular recursos para sua própria família.

No início de 1965, Malcolm se afastou da Nação do Islã e, com a ajuda de sua irmã Ella, realizou uma viagem para Meca, a cidade sagrada dos muçulmanos. Essa viagem mudou toda a sua perspectiva de fé. Malcolm relatou que, ao conhecer de perto o islamismo, viu que os ensinamentos de Elijah estavam totalmente confusos.

O islamismo nunca havia defendido o ódio aos brancos. Em Meca, Malcolm rezava junto com homens de todas as raças. Foi nessa viagem que ele descobriu que ser uma pessoa melhor não tinha a ver com a cor da pele, mas com atitudes. Malcolm estava pronto para voltar aos Estados Unidos com seu discurso revigorado e determinado a espalhar essa mensagem.

Em seu retorno para os EUA, Malcolm fundou a Organização da Unidade Afro-Americana, que pregava a união dos afro-americanos e demais "pessoas do bem" na luta contra o racismo e a opressão aos negros. Não se tratava mais de negros contra brancos, mas de todos contra o principal inimigo: o racismo provocado pela segregação.

Infelizmente, Malcolm não teve muito tempo para concretizar suas novas ideias. No dia 21 de fevereiro de 1965, uma semana após sua casa ter sido atingida por uma bomba incendiária, atiradores entraram num auditório no Harlem, onde Malcolm X — nome que escolhera por considerar que seu sobrenome, Little (colocado em seus avós por senhores de escravos), não representava sua história — discursava perante 400 pessoas, e atiraram 14 vezes contra ele.

A partir daquele dia, Malcolm, que tinha apenas 39 anos, lutaria na memória de milhares de pessoas que foram impactadas pelos seus discursos e pela sua história, que, mesmo marcada por muitas dificuldades e períodos difíceis, deixou o legado de que nunca podemos aceitar um ser humano diminuindo outro pela cor de sua pele ou por quaisquer outros motivos. No fim da vida, Malcolm X enfatizou que a cooperação e a integração entre negros e brancos são a chave para uma sociedade justa e igualitária.

Querido leitor,

A editora MOSTARDA é a concretização de um sonho. Fazemos parte da segunda geração de uma família dedicada aos livros. A escolha do nome da editora tem origem no que a semente da mostarda representa: é a menor semente da cadeia dos grãos, mas se transforma na maior de todas as hortaliças. Assim, nossa meta é fazer da editora uma grande e importante difusora do livro, e que nessa trajetória possamos mudar a vida das pessoas. Esse é o nosso ideal.

As primeiras obras da editora MOSTARDA chegam com a coleção BLACK POWER, nome do movimento pelos direitos dos negros ocorrido nos EUA nas décadas de 1960 e 1970, luta que, infelizmente, ainda é necessária nos dias de hoje em diversos países.

Sempre nos sensibilizamos com essa discussão, mas o ponto de partida para a criação da coleção ocorreu quando soubemos que dois de nossos colaboradores, Renan e Thiago, já haviam sido vítimas de racismo. Sempre os incentivamos a se dedicar ao máximo para superar os obstáculos e os desafios de uma sociedade injusta e preconceituosa. Hoje, Thiago é professor de Educação Física, e Renan, que está se tornando um poliglota, continua no grupo, destacando-se como um dos melhores funcionários.

Acreditando no poder dos livros como força transformadora, a coleção BLACK POWER apresenta biografias de personalidades negras que são exemplos para as novas gerações. As histórias mostram que esses grandes intelectuais fizeram e fazem a diferença.

Os autores da coleção, todos ligados às áreas da educação e das letras, pesquisaram os fatos históricos para criar textos inspiradores e de leitura prazerosa. Seguindo o ideal da editora, acreditam que o conhecimento é capaz de desconstruir preconceitos e abrir as portas do pensamento rumo a uma sociedade mais justa.

Pedro Mezette
CEO Founder
Editora Mostarda

EDITORA MOSTARDA
www.editoramostarda.com.br
Instagram: @editoramostarda

© A&A Studio de Criação, 2021

Direção:	Fabiana Therense
	Pedro Mezette
Coordenação:	Andressa Maltese
Texto:	Gabriela Bauerfeldt
	Maria Julia Maltese
	Orlando Nilha
Revisão:	Marcelo Montoza
	Nilce Bechara
Ilustração:	Leonardo Malavazzi
	Lucas Coutinho
	Kako Rodrigues

Nota: Os profissionais que trabalharam neste livro pesquisaram e compararam diversas fontes numa tentativa de retratar os fatos como eles aconteceram na vida real. Ainda assim, trata-se de uma versão adaptada para o público infantojuvenil que se atém aos eventos e personagens principais.

Dados Internacionais de Catalogação na Publicação (CIP)
(Câmara Brasileira do Livro, SP, Brasil)

Bauerfeldt, Gabriela
  Malcolm: Malcom X / Gabriela Bauerfeldt ; ilustração Leonardo Malavazzi. -- 1. ed. -- Campinas, SP : Editora Mostarda, 2021.

  ISBN 978-65-88183-04-5

  1. Biografia - Literatura infantojuvenil 2. Literatura infantil 3. X, Malcolm, 1925-1965 I. Malavazzi, Leonardo. II. Título.

20-50238   CDD-028.5

Índices para catálogo sistemático:

1. Literatura infantil 028.5
2. Literatura infantojuvenil 028.5

Aline Graziele Benitez - Bibliotecária - CRB-1/3129